佐羅力發現他們不能再這樣下去，
因此他們三人
下定決心
要好好減肥，
直到回復原來的
體型。
為了我

首先，就是到圖書館裡找資料，
查查看有什麼又快速、
又有效的減肥方法。

來吧，佐羅力的瘦身大作戰
現在就要
正式展開啦！

肥肉滾開！

怪傑佐羅力瘦身大作戰

文·圖 **原裕** 譯 周姚萍

佐羅力他們很貪吃，
所想到的方法都跟吃有關。
三個人想到的減肥法，
就是用吃來減肥。
而且，他們打算從頭到尾，
一個一個試吃，
好一口氣瘦下去。

佐羅力大師，我們哪，就算沒看減肥說明，也沒關係喔。
說明書那種東西麻煩死了，哪有可能一個字一個字的去看呢？
吃番茄就能瘦!
番茄瘦身法
河馬阿姨的葡萄柚減肥法
葡萄柚瘦身法
用鳳梨迅速有效減肥
鳳梨瘦身法
香蕉減肥法
香蕉瘦身法
只要短短一週激瘦5公斤的超強果汁瘦身法
各式各樣果汁瘦身法
白米飯減肥法 只要7天
米飯瘦身法

而且上面不是明白寫著吃了就會瘦？我們只管吃就好，吃吧吃吧。
哇，減肥如果這麼輕鬆，不管要試幾種，我都非常願意一直試、一直試。
禁止進入草坪
黏呼呼 根昆布減肥法
根昆布瘦身法
凱薩琳的魚肉香腸瘦身法
魚肉香腸瘦身法
用蒟蒻與清爽寒天
蒟蒻寒天瘦身法
究竟他們的減肥效果如何呢？
各位聰明的讀者，
一定已經知道答案就是……

佐羅力他們變得更胖了。

「唉呀，我認輸了。看起來，想成功減肥還是要跟減肥專家討論討論比較好。」

佐羅力晃動他兩頰上的肥肉說。

他才說完，魯豬豬就打開錢包給佐羅力看，然後嘆了一口氣，說：

「佐羅力大師，錢包裡只剩一萬元了，這麼一點點錢，夠我們三個人減肥嗎？」

就在這個時候，伊豬豬發現大樓牆壁上貼了一張海報。

佐羅力大師，你看這個！
超短時間
馬上瘦
強力拔罐超強減肥法！
絕對值得信賴
大家一起瘦
超簡單又有效
大家一起瘦

超短時間
馬上瘦
強力拔罐超強減肥法！
絕對值得信賴
大家一起瘦
超簡單又有效
大家一起瘦
想瘦的朋友
千萬不要等
馬上前往本大廈3樓
不管用什麼方法都瘦不下來的我，居然能夠有如此顯著的成果，實在令人難以置信。
嘿嘿我也能瘦(34歲)
由於體質不同
實際減肥效果將因人而異

「這看起來不錯耶，
如果真的這麼厲害，
他一定會知道
能夠順利減肥的
穴道在哪裡。
好，我們就派
伊豬豬去把穴道位置
學回來。

如果伊豬豬能記清楚穴道的位置，
就算不會拔罐，用力按壓穴道應該也有用，
這樣就能一人花錢，
三人減肥啦。」
於是，佐羅力讓伊豬豬帶著錢，
到大廈三樓的
拔罐減肥店家去。

你們儘管放心，包在我身上，我一定會好好學起來的。
10000

過沒多久，伊豬豬就抱著大大的玻璃罐，得意洋洋的從那棟大廈走出來。

「佐羅力大師，店家說只要把這個罐子放在神壇上拜呀拜，就能減肥喔。今天還有特別折扣，原價一萬元，特價九千元。」

「啥？不是拔罐嗎？

怎麼變成拜玻璃罐了？

他該不會也說，如果不夠虔誠，

就算拜了也沒有辦法瘦下來？」

「啊！佐羅力大師，您怎麼會知道呢？」

「那是買賣詐騙的手法呀。走！去退掉這個玻璃罐，拿回我們的錢。」

佐羅力拉著伊豬豬、魯豬豬，怒氣沖沖的走入那棟大廈。

這個還沒超過保固期，可以退。

但是，他們到達時
店門已經關了。
佐羅力想把店門打開，
因此他又是推門，
又是拉門把，又是敲門，
全都沒有用，看來店老闆
早就已經開溜了。
這時，佐羅力突然想到，

咚咚
咚咚
咚咚
歹勢關門啦
營業時間已過

說不定對面的商店裡還有人在，

佐羅力他們立刻轉身跑進那間店裡，

對、對不起，我們有重要的事情想打擾您一下……
本店營業中
全部只要

「歡迎光臨！體驗物超所值減肥法。『只要五百元就能減肥』的優惠專案，現正實施中喔。」

活力充沛的店長迎向他們三人。

「咦？只要五百元就能減肥嗎？」

佐羅力不知不覺把玻璃罐的事忘光光，

興奮的湊向前想問個清楚。

「可是，佐羅力大師，我們三個人的錢，總共只剩下一千元耶。」

店長立刻回答伊豬豬：

「沒關係的，今天特別給你們優惠，三個人只要一千元就好。」

他一邊說，一邊帶他們走進店的後方。

伊豬豬和魯豬豬兩個，被帶進一間用來進行「飆汗塑身課程」的房間。
請你們兩位，輪流用力拉這條橡皮帶，這個課程的時間為三十分鐘。在這個過程當中，你們會流很多汗，大量流汗可以快速瘦身。

另一頭，佐羅力則被帶進「有效消腹燃脂課程」的房間。
來，把這條腰帶束在腹部，好好的站著不要動，這樣就可以了。腰帶會噗嚕噗嚕的震動，很自然的就會幫你消耗掉囤積在肚子裡的脂肪，超快速的幫你雕塑出苗條好身形！這是三十分鐘的課程，在課程結束前，請您慢慢的享受吧。

不久，佐羅力的大肚腩就開始噗嚕噗嚕的晃動起來。
這、這、這麼輕鬆愉快，好嗎嗎嗎嗎？
噗嚕
噗嚕
噗嚕
噗嚕
皮帶上劇烈晃動的勁道，似乎真如店長說的，能將肚子的脂肪燃燒殆盡，馬上就有苗條好身形了。

伊豬豬和魯豬豬這邊，也正在努力輪流拉扯那條粗大的橡皮帶，一下子就汗如雨下。
快點——
變瘦吧——

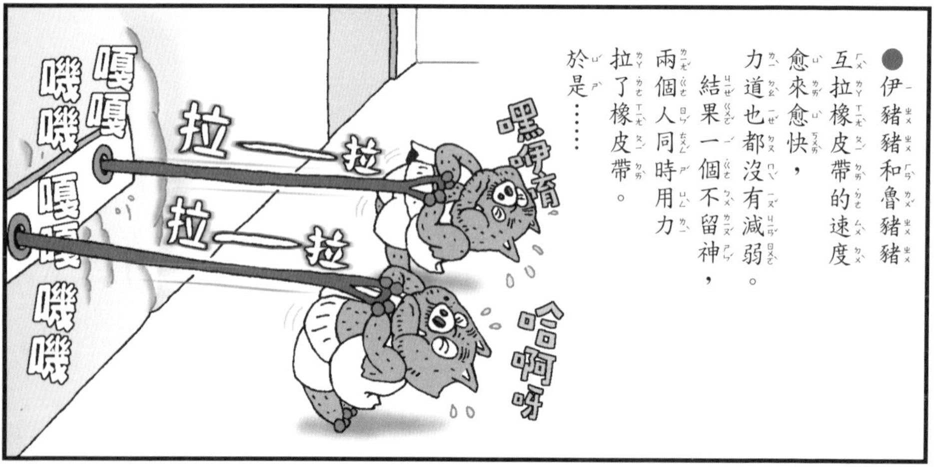
伊豬豬和魯豬豬互拉橡皮帶的速度愈來愈快，力道也都沒有減弱。結果一個不留神，兩個人同時用力拉了橡皮帶。
於是……
嘿咿唷
哈啊呀
拉——拉
拉——拉
嘎嘎嘰嘰
嘎嘎嘰嘰

三合板的牆壁就這樣裂了，

佐羅力往後仰，破牆摔進這間房間裡。

原來，伊豬豬和魯豬豬所做的拉橡皮帶運動，正是佐羅力肚子震動的動力來源。雖然這門課程價格相當便宜，但是店長用這種方式賺錢，怎麼樣都不可原諒。

他們三人氣沖沖的衝出房間，打算去找店長理論。

然而，跟剛剛一樣，整間店裡空無一人。不過，他們仔細查看房間的各個角落，發現有一個架子上排列著許多伊豬豬被強迫推銷買下的那種玻璃罐。

「哼，這些玻璃罐和物超所值的減肥方案，全都是詐欺犯幹的好事。不可原諒，絕對不可原諒！」

佐羅力轉眼變身成怪傑佐羅力，迅速沿著大廈階梯往下跑。

可是，圓滾滾、肥嘟嘟的佐羅力，
必須費盡全身力氣才能爬下階梯。
當他好不容易來到大廈外頭時，
早就已經喘不過氣，
全身無力的癱軟在地上了。
「如果是平日的本大爺，
應該馬上就可以壓制住那個傢伙啦。」
結果他們付了一萬元，
卻只有拿到

廉價的玻璃罐和
一條粗大的橡皮帶。
「哼，真是買貴了，
虧大了！」
佐羅力懊惱的淚
滴在地面上，滲入地底。
就在這個時候，
從湖邊傳來一陣
爭執的聲音。

佐羅力豎起耳朵仔細聽，
發現雙方好像是為了船上那些
要運送到對岸的物品而起了爭執。

「快遞先生，我不是說了，
如果能在今晚八點前將這些物品送到
對岸的話，我就付你一萬元。」

佐羅力聽到這句話，便飛奔過去，
將快遞先生一把推開，說道：
「這個工作，本大爺接了！」

這對佐羅力來說是個大好機會，
因為可以彌補先前的損失。
被推開的快遞先生
儘管有點不高興，
還是回應佐羅力說：
「那就請便吧，
交給你囉。」
他說完還一邊搗著胸口，
咚咚咚的飛快跑走。

啊，既然這樣，
我也只好把這個
全城快遞人員
都不想做的工作，
交給你們
去完成吧。

「那真是太失禮了。老實說，要麻煩你們運送的物品，是要送給瘦身夫人的獨生女——窈窕小姐的生日禮物。不過，條件是最晚要在今晚八點前，用這艘船，悄悄將禮物運送到對岸大宅的後門。

沒禮貌！
你知道這位是誰嗎？
這位正是曾經
將巨大的「恐龍蛋」，
毫髮無傷
從險峻陡峭的火山當中
搬運出來的
佐羅力大師啊！

○詳細的故事
請參考《怪傑佐羅力
緊急出動！守護恐龍蛋》。

瘦身夫人？
有這號人物？
請問
她到底是誰呀？

瘦身夫人熱切的期盼，要在生日派對即將結束時，給窈窕小姐一個大驚喜。」

一心想變瘦的佐羅力，聽到「瘦身」，比聽到工作內容還要來得在意。

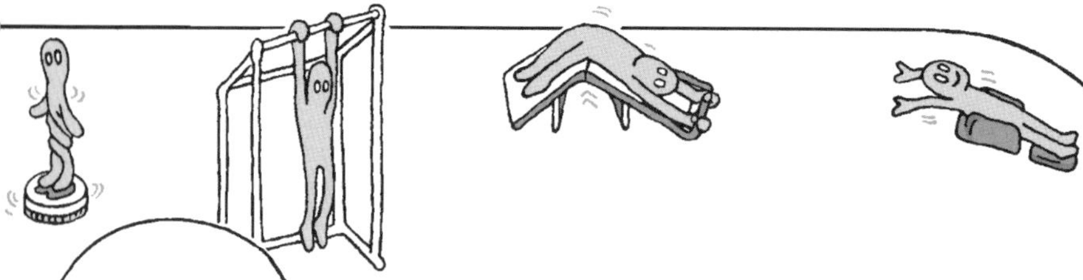

這位夫人呢，她已將全世界所有的瘦身法通通弄到手，而且全部親身嘗試。只要是與瘦身有關的任何事物，沒有她不知道的。

因為這樣，大家便稱呼她為瘦身夫人。

啊，抱歉，我應該先自我介紹的。

我是瘦身夫人的管家，我叫福悟。

你能不能把這位夫人介紹給本大爺認識呢？我有減肥的相關問題，非請教她不可。

※ **管家**

指在某個家庭裡專門負責指揮、運作各種家務雜事的人。

今晚的派對將在八點結束，
如果你們最晚能在八點前將禮物送到，
我將支付你們一萬元當作謝禮。
而且，如果派對很成功，
瘦身夫人心情好的話，
應該還會提供減肥的忠告吧。
但是，一旦超過這個時間一分鐘，
以上說的都不算數了。
這樣可以嗎？

佐羅力聽到這些話，便將伊豬豬和
魯豬豬叫到他的身邊。

喂，雖然今天一整天都很不順利，
不過我覺得現在好像有機會
可以逆轉成最棒的一天喔。
而且還能借用那艘動力小船耶。
用它來運送禮物，根本不用一個小時，
一定很輕鬆。

如果我們提早到了那裡，
就幫忙準備派對，做點什麼事，
盡力討瘦身夫人歡心，
應該就能免費獲得她所提供的瘦身方法。
哈哈，要是能很快瘦下來、
變回又帥又酷的模樣，
本大爺一定魅力十足，
絕對會吸引住
窈窕小姐的目光。

如果我們兩人順利結了婚，
那間大宅就順理成章
變成佐羅力城啦。你們覺得
這是不是個好計畫呢？

「佐羅力大師真是太聰明啦！」
伊豬豬和魯豬豬顯露出一臉佩服的模樣，
於是，佐羅力幹勁十足的對福悟說：
「請讓我們接下這個任務！」
於是，福悟說……

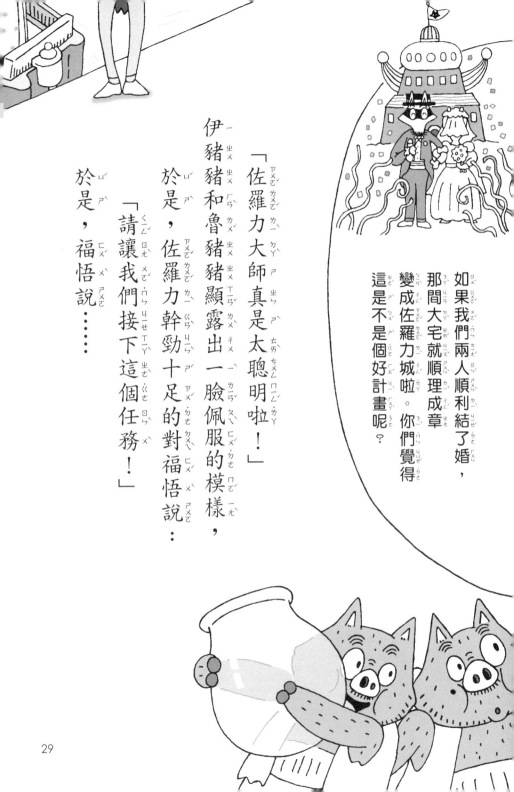

這個湖的湖水非常冰冷，要是掉進去引發心臟麻痺之類的狀況，就麻煩啦。
瘦身夫人特別交代，請千萬千萬，至少要把簡易潛水服和救生衣都穿上。

哼，憑我操控船隻的高超技術，不管在小湖或大海都可以暢行無阻，怎麼可能掉進湖裡？
既然夫人特別吩咐，那也是沒有辦法，就穿吧。
他們三個老老實實的，將自己塞進那件尺寸有點小的簡易潛水衣裡。
嗚～嗯
嗚嗚～呃

穿上救生衣後，佐羅力三人立刻登上小船。
啊，對了，接下來是最後的叮嚀，航程中靠近島的附近，住著一隻鯰魚。要是牠在睡覺時被吵醒的話，事情會變得很麻煩。所以，到那附近時，請一定要記得關掉動力船的馬達，
改用船上的槳，悄悄划行通過，這是目前被認為是比較安全的方法。
好的好的，知道囉。
佐羅力一想到對岸有著莫大的幸福等著他，對福悟所講的話根本就心不在焉，匆匆忙忙就出發了。

佐羅力以瘦身夫人的大宅為目標，駕駛著小船，直線飛速前進。

而且，在一轉眼間，已來到了湖中央。

這時，魯豬豬想起福悟的忠告。

佐羅力大師，福悟說過，因為怕吵醒住小島附近的鯰魚，當航行到這附近時，要關掉船的馬達，改用划船槳前進。
啊，這件事情我也有聽見喔。
鯰魚？啊，就是那個長得像蝌蚪親戚的傢伙吧？

哼，說那什麼話嘛。要是牠不識相醒來的話，我就把牠抓起來吃掉。
喔，不行不行，本大爺正在減肥中，現在可不行吃鯰魚。這還真是不能吃「捏」（鯰），嘻嘻呵呵。

佐羅力一邊說著擅長的冷笑話，一邊無所謂、不在乎的從小島與小島間穿越而過，繼續往前航行。

就在這時，

他們才察覺到小船底下，似乎有個黑影游動，水面立刻捲起巨大漩渦，小小的動力船簡直像落葉一般在水上轉哪轉。

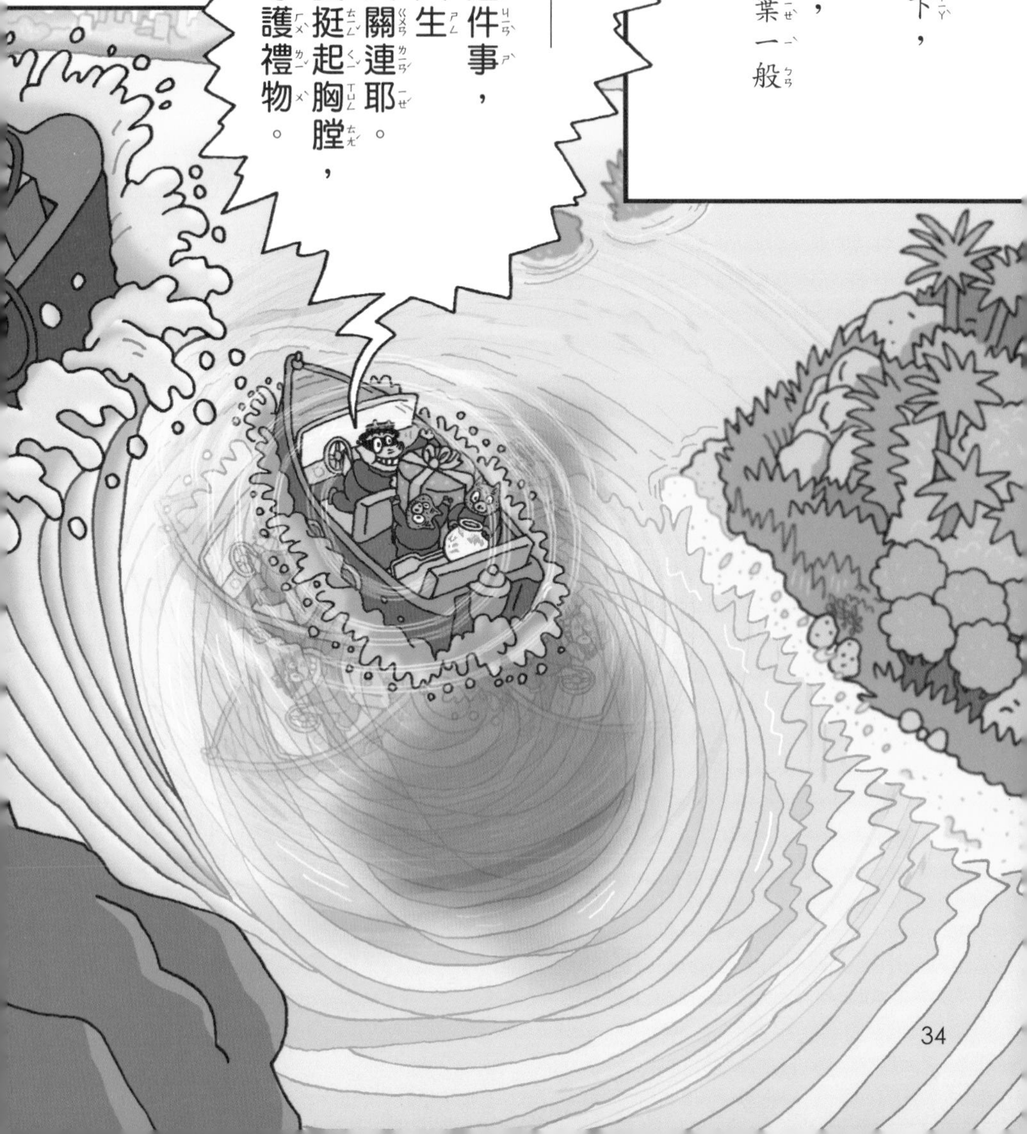
哇啊——
送禮物這件事，和我的人生有著重大關連耶。我一定要挺起胸膛，盡全力守護禮物。

然而，佐羅力並沒辦法如願，

巨大的漩渦
捲起了大浪，
一口就把
小船給吞掉，
他們因此
猛烈撞上
小島岸邊的
岩壁石區。

喀匡一啷
被詐欺店家欺騙花了九千元購買又捨不得直接丟掉的玻璃罐。
彈起
●以救生衣包裹，外圍再用橡皮帶綁住，雙重緊密保護重要的禮物。

小船碎成千千萬萬片。
不過，佐羅力他們
肥滋滋的身體，
正好成了
禮物的保護墊，
而且，他們本身
也毫髮無傷，
平平安安的
被沖上沙灘。

不過，
禮物盒子已經
被水弄得
溼答答了。
盒子裡面的禮物
要是因此出了狀況，
那可就糟糕啦。
佐羅力他們急急忙忙
打開盒子確認。

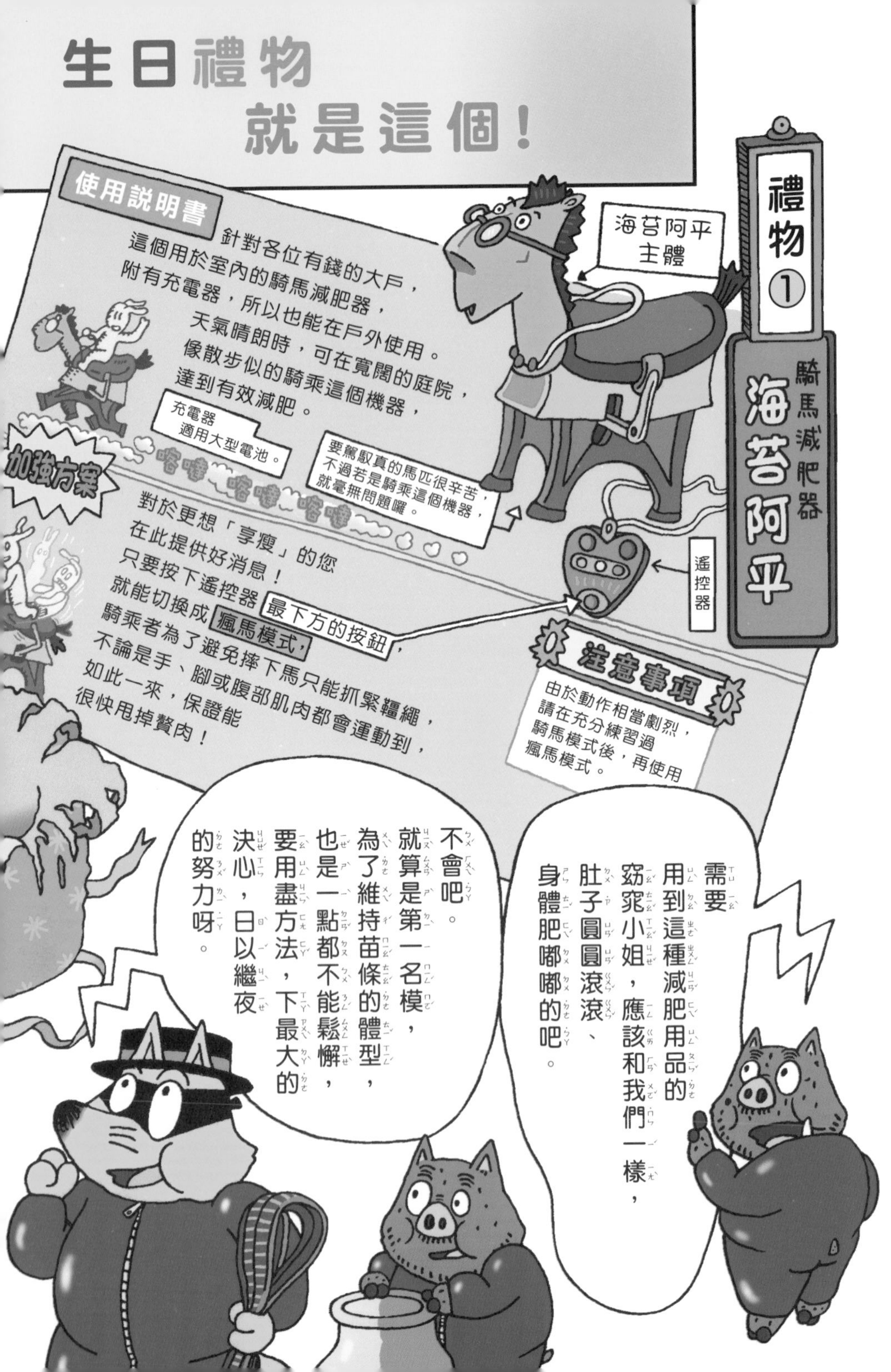

生日禮物就是這個！
使用說明書
針對各位有錢的大戶，這個用於室內的騎馬減肥器，附有充電器，所以也能在戶外使用。天氣晴朗時，可在寬闊的庭院，像散步似的騎乘這個機器，達到有效減肥。
充電器適用大型電池。
喀噠 喀噠 喀噠
要駕馭真的馬匹很辛苦，不過若是騎乘這個機器，就毫無問題囉。
加強方案
對於更想「享瘦」的您在此提供好消息！只要按下遙控器最下方的按鈕，就能切換成瘋馬模式，騎乘者為了避免摔下馬只能抓緊韁繩，不論是手、腳或腹部肌肉都會運動到，如此一來，保證能很快甩掉贅肉！
海苔阿平主體
遙控器
禮物①
騎馬減肥器
海苔阿平
注意事項
由於動作相當劇烈，請在充分練習過騎馬模式後，再使用瘋馬模式。
需要用到這種減肥用品的窈窕小姐，應該和我們一樣，肚子圓圓滾滾、身體肥嘟嘟的吧。
不會吧。就算是第一名模，為了維持苗條的體型，也是一點都不能鬆懈，要用盡方法，下最大的決心，日以繼夜的努力呀。

特別訂製 瘦身夫人要送給窈窕小姐的驚喜

從外表看來雖然都沒問題，但實際上若壞了，那可就糟啦。

於是，佐羅力他們趕緊檢查這三種減肥用具，

是否還像新的一樣能正常使用。

禮物②
噗嚕噗嚕腹肌鍛練器
使用方式
①這個可以讓肚子透過噗嚕噗嚕震動來消耗脂肪的機器，附有鍛鍊腹肌的功能。
這塊板子可以讓你的背部一直重複仰臥起坐的動作。
②您只需躺在地板上，一邊讓機器噗嚕噗嚕震動腹部即可！
③靠在背上的板子，能讓你的上半身，保持重複平躺、抬起的動作，讓你在不知不覺當中，做無數次的腹肌運動，除了燃燒腹部脂肪外，更能鍛鍊出精實腹肌，擁有迷人的線條。堪稱夢幻逸品。
禮物③
超Q彈抗力球
使用說明書
①使用隨球附贈的充氣筒，將瘦身球灌入滿滿的氣，直到球體完全鼓起。
充氣筒
瘦身球主體
瘦身輔助球 4顆
②在充飽氣的瘦身球上一邊保持平衡，一邊進行各種運動，可以伸展下背，塑造S曲線，有效鍛鍊身體線條，擺脫大腿肥肉。
③另外，球上特別附有魔鬼氈，並贈送四顆輔助球，初學者也能立刻在瘦身球上取得平衡，穩固了球體，就能更放心的在球體上自由運動。
有輔助球固定，連盤腿坐在上頭隨意擺動手臂都沒問題喔。
輔助球

魯豬豬坐上「騎馬減肥器
海苔阿平」，按下遙控按鈕，
減肥器開始喀噠、喀噠往前走，

它確實
能正常走動。

騎這個好棒喔。
不管是誰，都可以輕鬆騎，
悠悠閒閒的散步，
而且全身都被晃動到了，
應該會瘦喔。

佐羅力檢查
「噗嚕噗嚕
腹肌鍛練器」。

嗚喔喔喔——
就像使用說明書上說的，
想運動幾次就能做幾次。
對消除肚子的肥油
超級有效——

這個也沒壞，
還能用。

伊豬豬為了確定瘦身球
沒有任何破洞，
他坐在湖邊
被波濤衝擊的
岩石上，
用專用充氣筒
把空氣一一
打入瘦身球。
這時……

湖水中突然出現了一隻大鯰魚，一口就把坐在湖邊岩石上的伊豬豬吞掉。

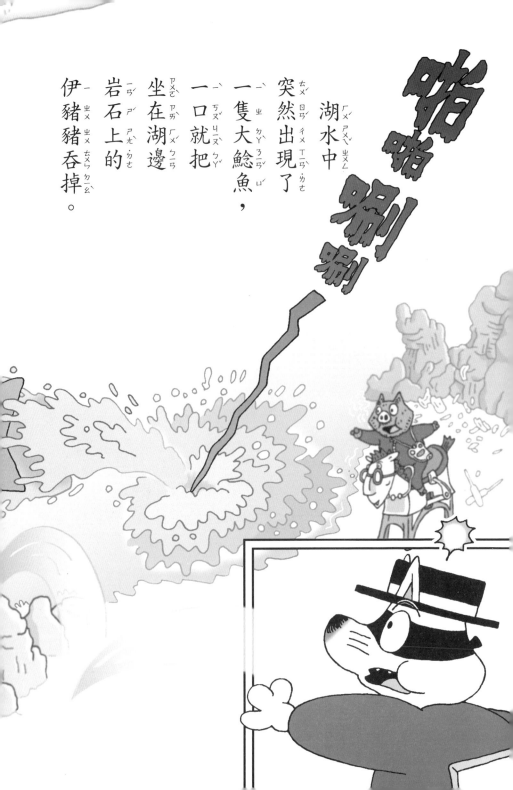

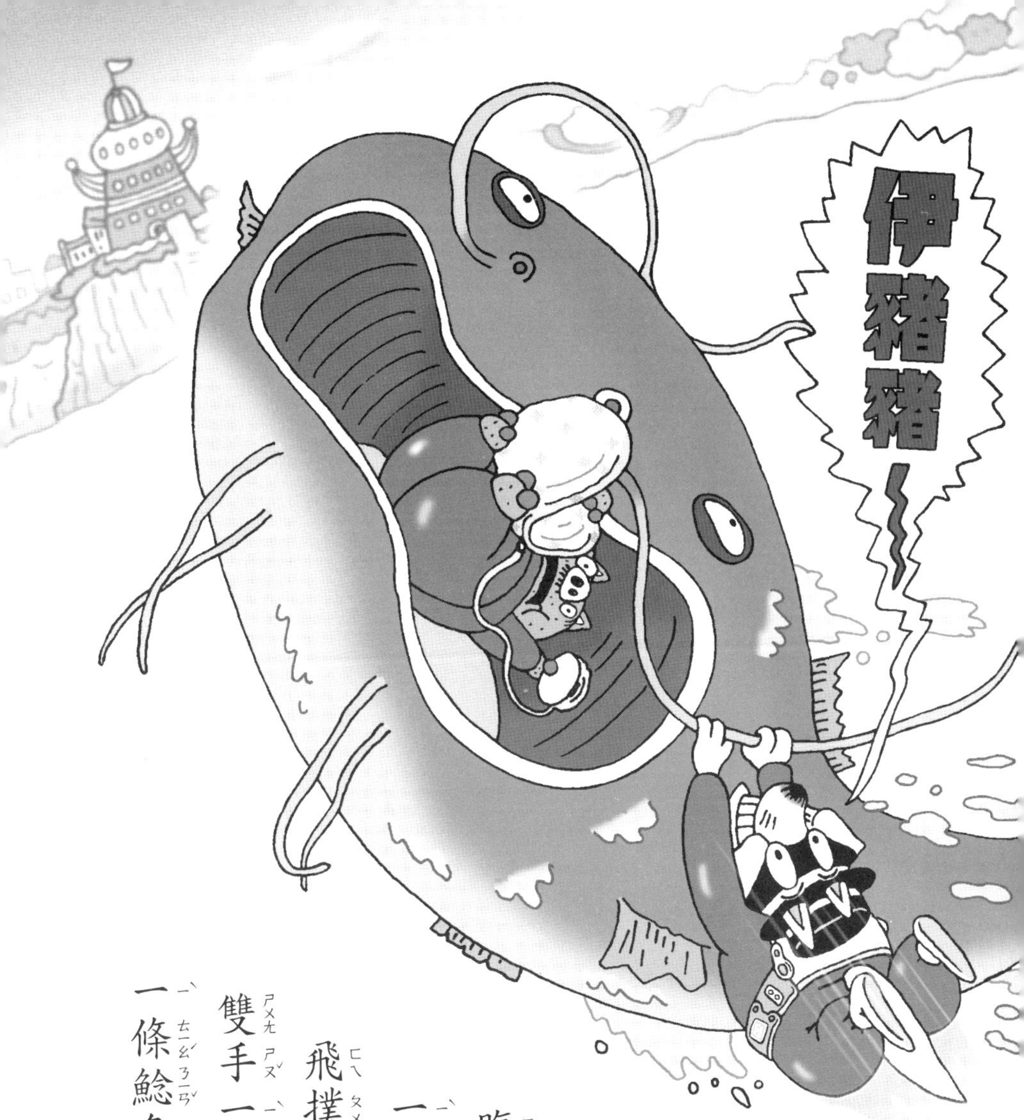

佐羅力
馬上關掉
腹肌鍛練器，
一鼓作氣
飛撲過去，
雙手一把抓住
一條鯰魚鬍鬚。

大鯰魚想甩開佐羅力，因此不斷瘋狂扭動。

然而，佐羅力卻死命抓得緊緊的。

他使勁扯著鯰魚兩邊鬍鬚，讓鯰魚的嘴巴大大張開，想要抓到好機會救出伊豬豬。

不過……

不知道為什麼，大鯰魚突然安靜下來，一動也不動，露出痛苦的表情。

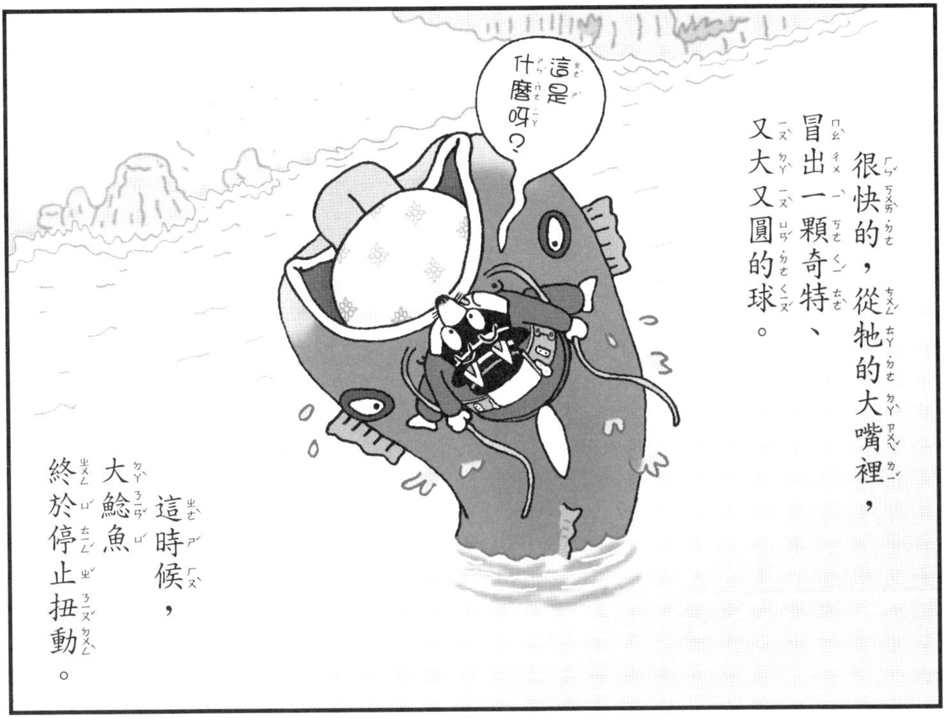
很快的，從牠的大嘴裡，冒出一顆奇特、又大又圓的球。
這是什麼呀？
這時候，大鯰魚終於停止扭動。

從鯰魚嘴裡吐出來的東西，正是伊豬豬不斷用力終於充飽氣的瘦身球。
嘔呸
幹得好，伊豬豬——
佐羅力飛速跳到球的上頭，與伊豬豬站在一起。
夾住
夾住
佐羅力大師，這顆瘦身球非常完好，沒有破洞。

他們ㄉㄨㄞ、ㄉㄨㄞ、ㄉㄨㄞ的彈跳回到魯豬豬等待著他們的沙灘。

佐羅力三人轉頭一看，

大鯰魚已經一邊咳嗽一邊逃走了。

「嘖嘖，真是的，

難道那就是福悟所說的大鯰魚嗎？

本大爺要是早知道牠這麼巨大，

也不會答應接下

這個工作啦！」

為了不再遭到大鯰魚的第二次襲擊，佐羅力他們決定移動到距離岸邊更遠的地方。

看哪！

他們三人的目的地不就近在眼前嗎？不過，沒有了小船，要怎麼做才能順利將三份禮物送過去呢？而且，光待在這裡擔心大鯰魚會再次發動攻擊，只是白白浪費時間而已。

要是來不及趕上八點前
抵達窈窕小姐的派對，
那就糟糕了。

寂靜的湖面上，
布滿凝重的氣氛，
就在每個人都想放棄時，
天才佐羅力的腦袋裡
靈光一閃，冒出一個
很酷的點子。

佐羅力利用禮物和動力小船的殘骸，組合成一艘特別的小船。

它的名字就叫做「瘦身船」。
這正是騎馬減肥器海苔阿平
花大錢買的玻璃罐仍好好保存還沒丟呢。
因為怕搞丟「海苔阿平」的遙控器，所以請魯豬豬用繩子把遙控器掛在脖子上。
超Q彈抗力球
由撞壞的小船船板拼拼湊湊而成。
水面上
水面下
將橡皮帶用力捲成長條螺旋狀，在水中，變成旋轉動力。

他們三人精心計畫，
要趁著還看不見大鯰魚蹤影的時候，
搭乘瘦身船進入湖裡。
這次所使用的，
是不同於馬達發動的橡皮動力，
航行中，船隻只會激起
微弱的水波，
緩緩的前進。
然而，

當他們航行了二十公里左右，

橡皮帶鬆掉了，必須重新再捲一次。

伊豬豬和魯豬豬把手伸進湖水裡，

打算重捲橡皮帶時，

魯豬豬不小心按到

掛在脖子上的遙控器按鈕。

而且，他所按到的剛好是

「海苔阿平」的「瘋馬模式」，

這下可糟糕啦！

由於太過突然，
佐羅力連要用他的兩隻手去
抓住「騎馬器」的繩子都來不及。
他只好將全身的力量都放在兩隻腳上，
死命的想駕馭住瘋馬。但是，

他最後依然被甩飛了。
被佐羅力鬧出的大騷動吵醒的大鯰魚，
立刻張開大嘴等著，
佐羅力正好就被甩進
那張超級
大嘴裡。

嗚哇──

而那隻吞下佐羅力的大鯰魚，接下來準備攻擊的目標……

當然是伊豬豬和魯豬豬。
大鯰魚正朝著瘦身船快速逼近，
他們哪裡還有時間
慢慢捲橡皮帶？

於是，
伊豬豬和魯豬豬
趕緊各自
抓起船槳
握在手裡，

拚命不停的
往前划呀划、
划呀划。

然而，他們的速度卻完全
拚不過鯰魚游泳的速度。
他們一下子就被追上，
眼看就要被吸入
鯰魚已經大大張開的嘴裡，
就在那一瞬間，

佐羅力
從大鯰魚的嘴裡，
以驚人的勁道
雙腳打水，
快速
游了出來。
仔細一看，

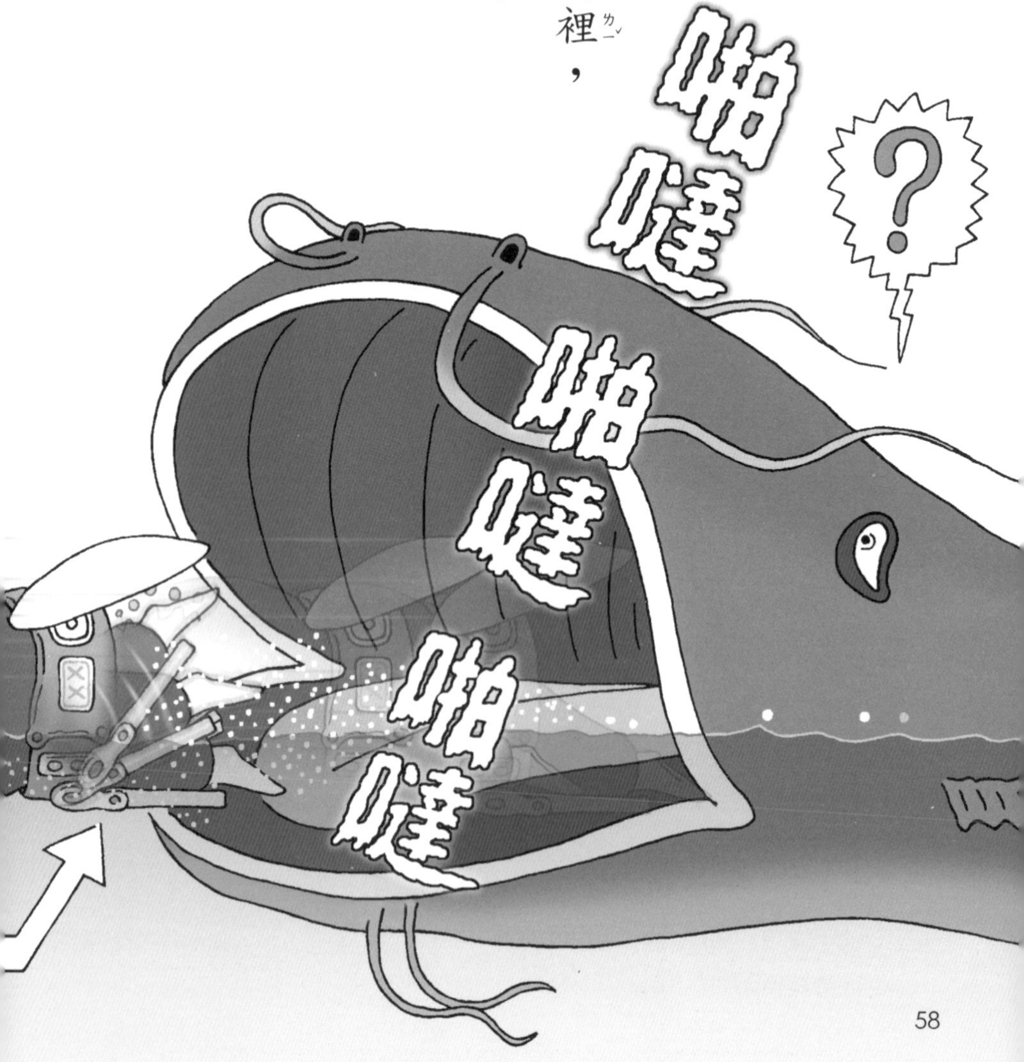

他將腹肌鍛練器綁在膝蓋上，讓雙腳利用那塊板子來打水。

「哇，佐羅力大師——」

「你沒事吧——」

「伊豬豬、魯豬豬，好好抓緊船身唷，我要加速了。」

。佐羅力就是這樣裝上「腹肌鍛練器」，高速打水前進。

佐羅力以強大的勁道打水，
用最快最快的速度，
推動瘦身船前進。
終於完全甩掉
大鯰魚的追趕，
成功抵達對岸，
也就是目的地
瘦身夫人大宅
所在的海岸。

不過，他們才剛鬆了一口氣，

卻發現那棟大宅所在的山崖頂，比起遠望時要高多了。

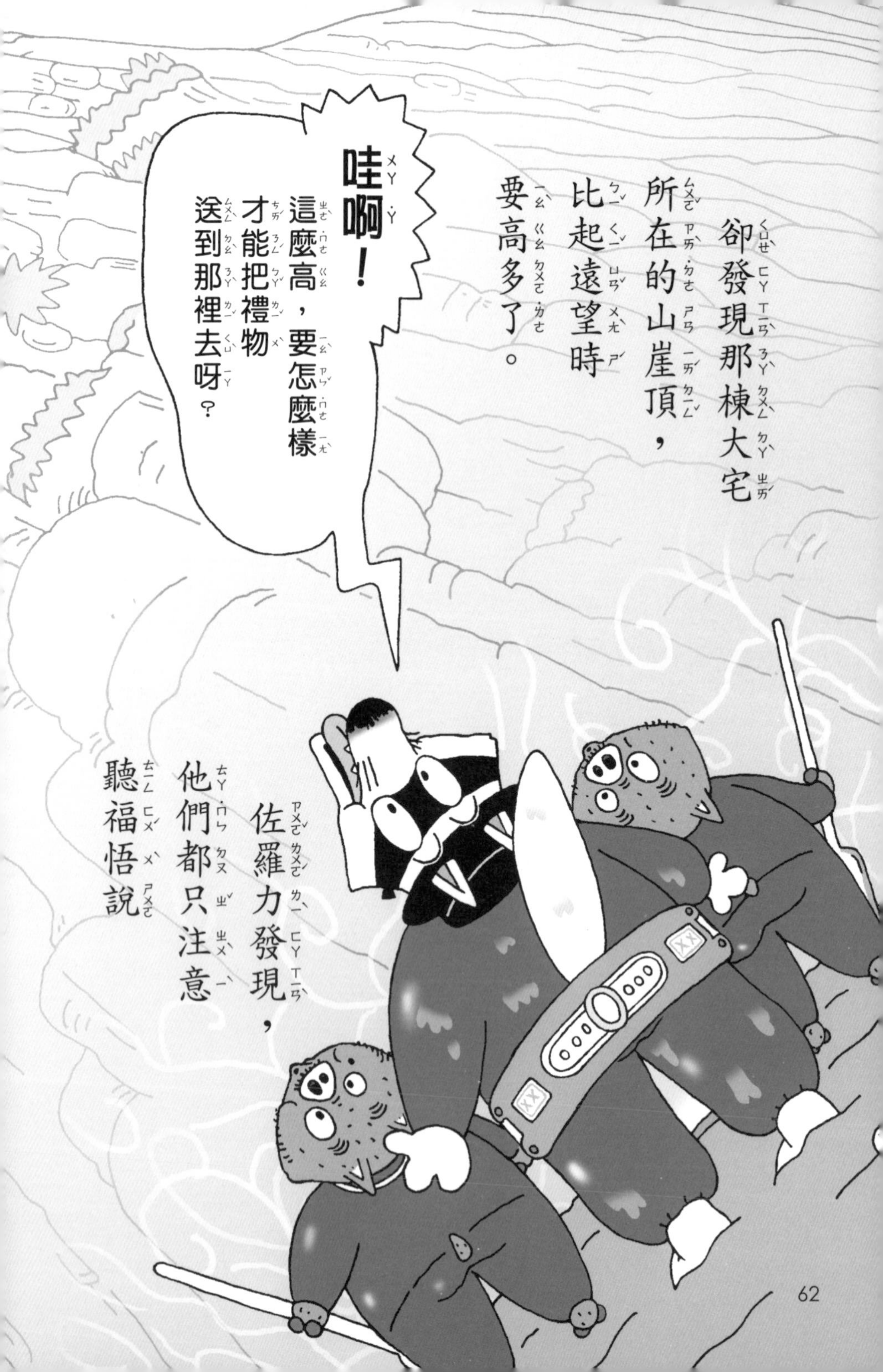
哇啊！
這麼高，要怎麼樣才能把禮物送到那裡去呀？

佐羅力發現，他們都只注意聽福悟說

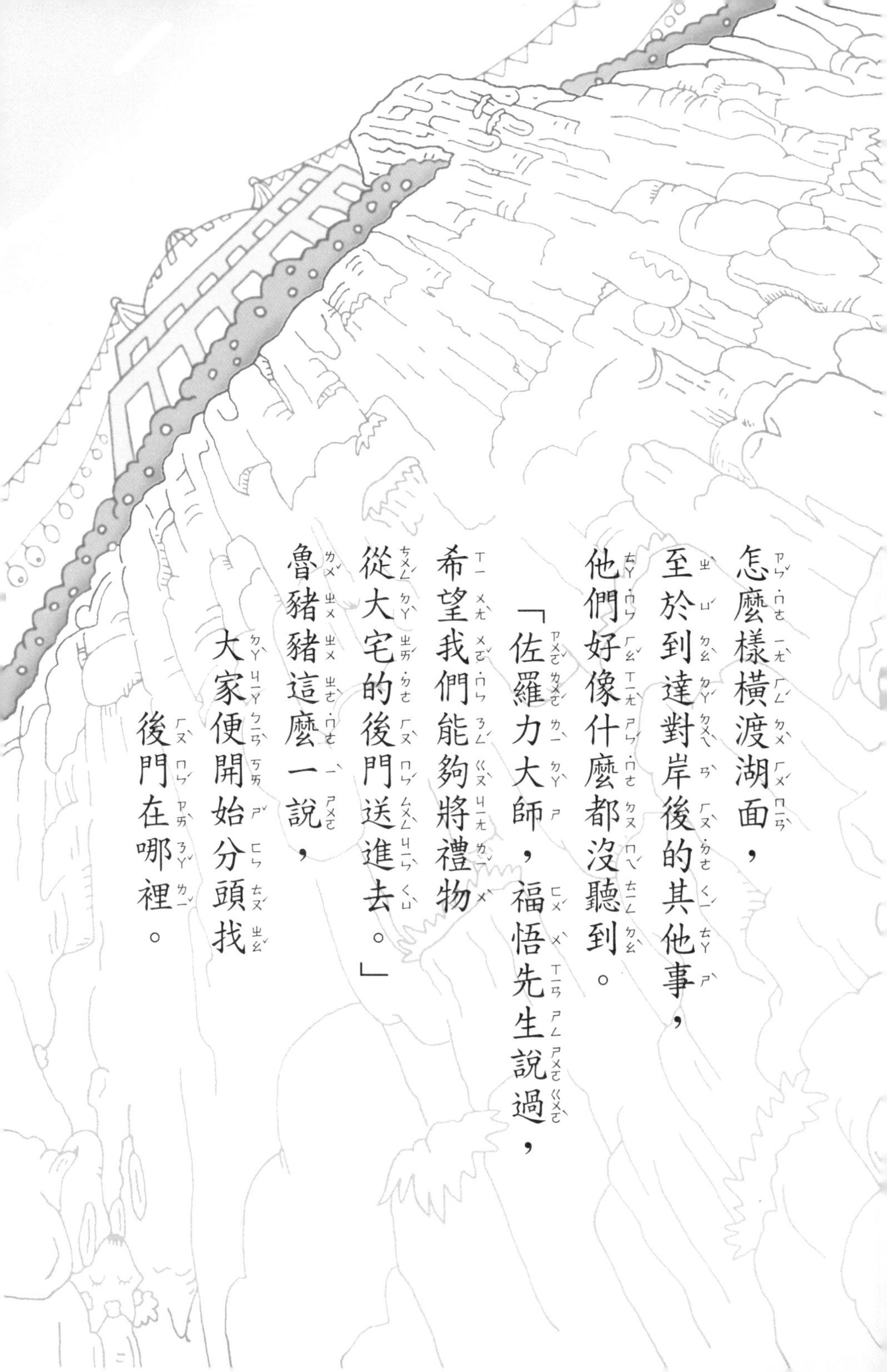

怎麼樣橫渡湖面，
至於到達對岸後的其他事，
他們好像什麼都沒聽到。

「佐羅力大師，福悟先生說過，
希望我們能夠將禮物
從大宅的後門送進去。」
魯豬豬這麼一說，
大家便開始分頭找
後門在哪裡。

他們三個開始尋找後門的入口，整座山崖岩壁的任何角落都沒放過，終於找到一扇被青苔覆蓋的老舊門扉。

沒想到，那扇門連門把也沒有。佐羅力想盡辦法要將門撬開，卻怎麼樣也打不開。

突然，佐羅力發現門邊有個三角形的按鈕，當他一按下去，

不知道什麼東西開始慢慢移動。

啊，這不是電梯嗎？太好了，如此一來就能快速把禮物運上去。

轉身面向湖水的佐羅力，正好看到——

大鯰魚快速
衝向瘦身船，
再次張開牠的
無敵大嘴巴，
一口就吞掉
放在最上方的
「騎馬
減肥器
海苔阿平」，

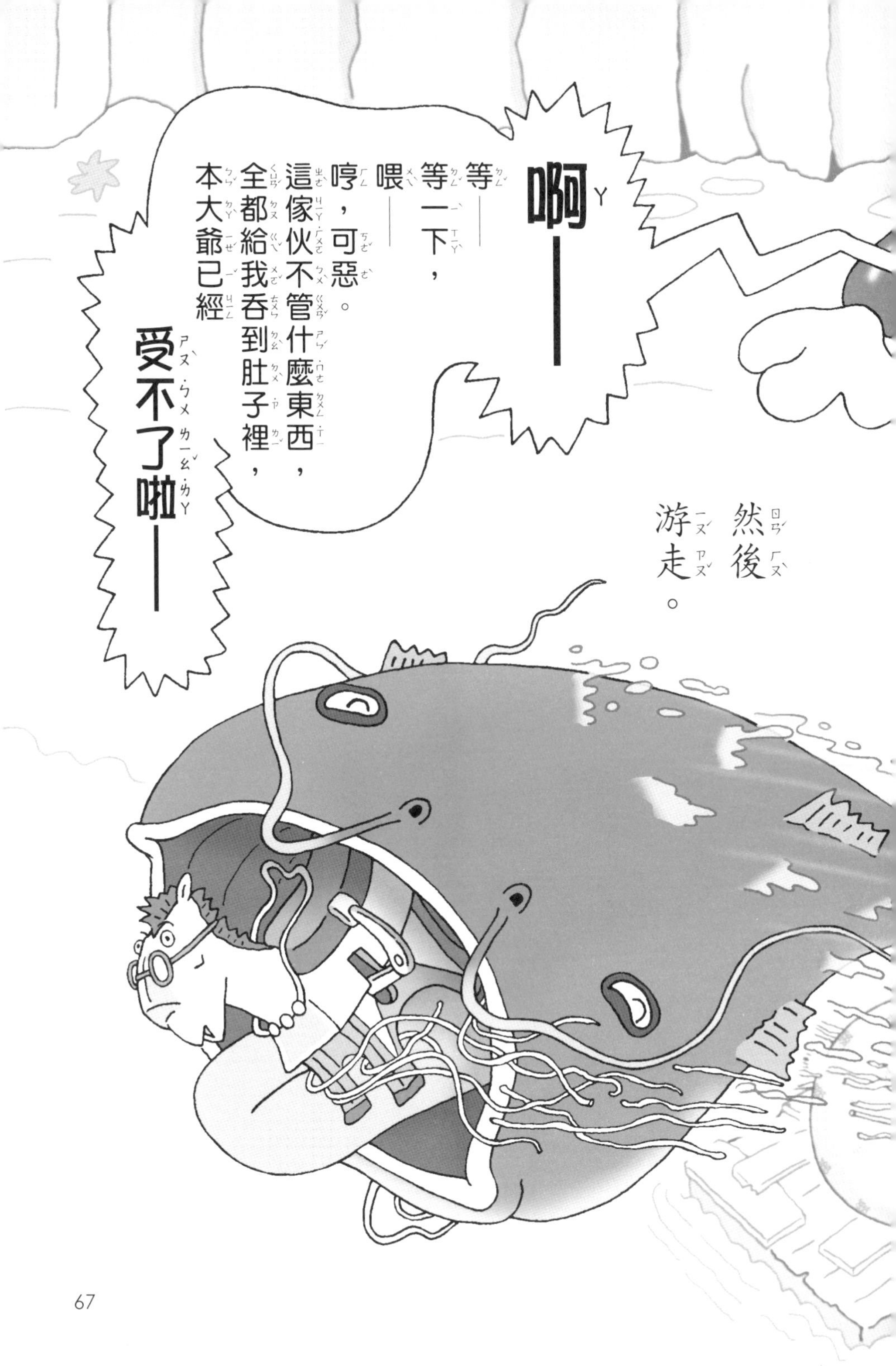
啊——
等等——
等一下，
喂——
哼，可惡。
這傢伙不管什麼東西，
全都給我吞到肚子裡，
本大爺已經
受不了啦——

然後游走。

2
本大爺已經誇下海口，說能輕輕鬆鬆將禮物送到。如果卡在這裡而放棄，會給大家添麻煩的。
好——
為了今後不要後悔沒完成這件事，我們就盡人事、聽天命吧——
啊，我們要搭的電梯來了！
可是已經用不到了呀！

佐羅力唰的一聲站起來……

1

儘管只是一份禮物沒了，

卻也因此無法遵守約定，完成任務。

「不管是一萬元還是佐羅力城，都變成一場夢了……」

佐羅力沮喪的垂下肩膀。

此時，消沉的佐羅力，

聽到從山崖上的生日派對會場，

傳來這樣的聲音。

媽媽，派對已經差不多要準備結束了。我的生日禮物被忘了嗎？這樣很過分耶。
不會的，放心，我的小窈窕。
一定會準時送到的。福悟，要是禮物沒有在八點前送到，你絕對會被炒魷魚。
不、不會的。差不多還有十分鐘才到八點。請夫人和小姐再稍等一下。

他用藤蔓做成網子，
然後將瘦身球與橡皮帶
綁在一起，
再將橡皮帶的
另一頭，
綁成套繩，
讓魯豬豬
握在
手裡。
現在，本大爺要把
大鯰魚引誘出來。
魯豬豬，你躲在這裡，
當大鯰魚跳出來的時候，
就將這個橡皮套繩
牢牢套住牠的尾鰭，
讓牠不能前進，
也不能後退。
拜託你了。
我知道了。
佐羅力說完，
喂——
大鯰魚，
出來！
看你能不能
把我給
吃啦——
就用很大的
聲音大喊。

啪沙
隨著他那巨大的叫聲，大鯰魚猛然跳出水面。
幹得好，魯豬豬。
魯豬豬一點都沒有遲疑的拋出橡皮套繩套住鯰魚尾鰭。

接下來，佐羅力拿出玻璃罐套在頭上，一個跳躍，跳進了湖裡，往深處游去。
當然，大鯰魚沒有放棄，馬上追了上去。

佐羅力跳進湖裡後，

俐落的將「噗嚕噗嚕腹肌鍛練器」，

再次往下調整到膝蓋的位置，

然後打開開關。

板子的強猛威力，

使他的雙腳可以高速打水，

順利潛入湖水的深處。

大鯰魚哪裡會認輸呢，

這次牠也一樣下定決心

要吞下佐羅力，沒有成功絕不罷休。因此以驚人的速度追趕過去。

……
佐羅力大師——

大鯰魚根本不在乎尾鰭被綁上瘦身球，牠奮力的朝佐羅力逼近，要把他吞進肚子裡。

佐羅力打水的狀況非常好。然而，卻因為得意忘形，一個沒注意，就潛水潛過頭了。

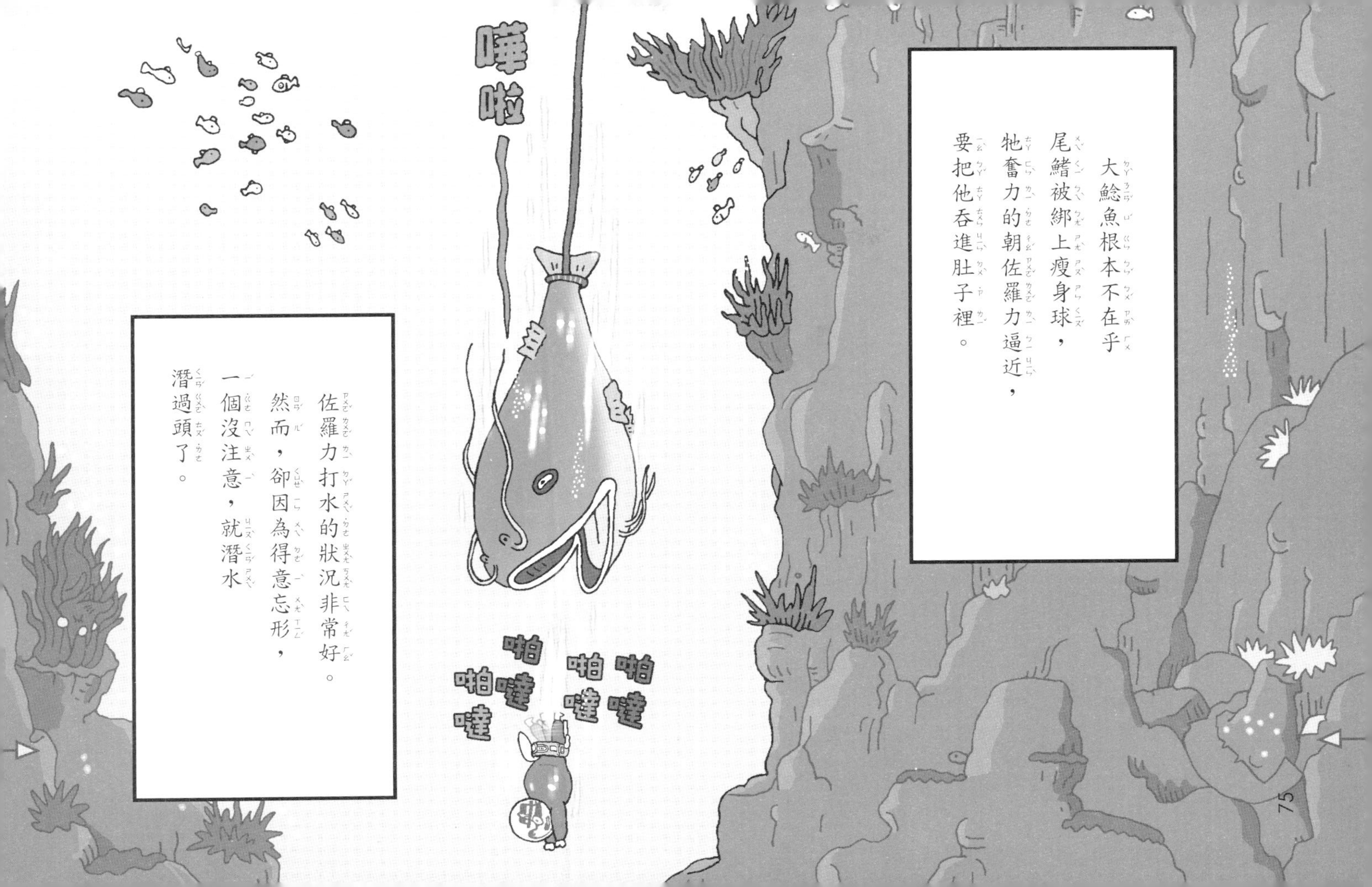

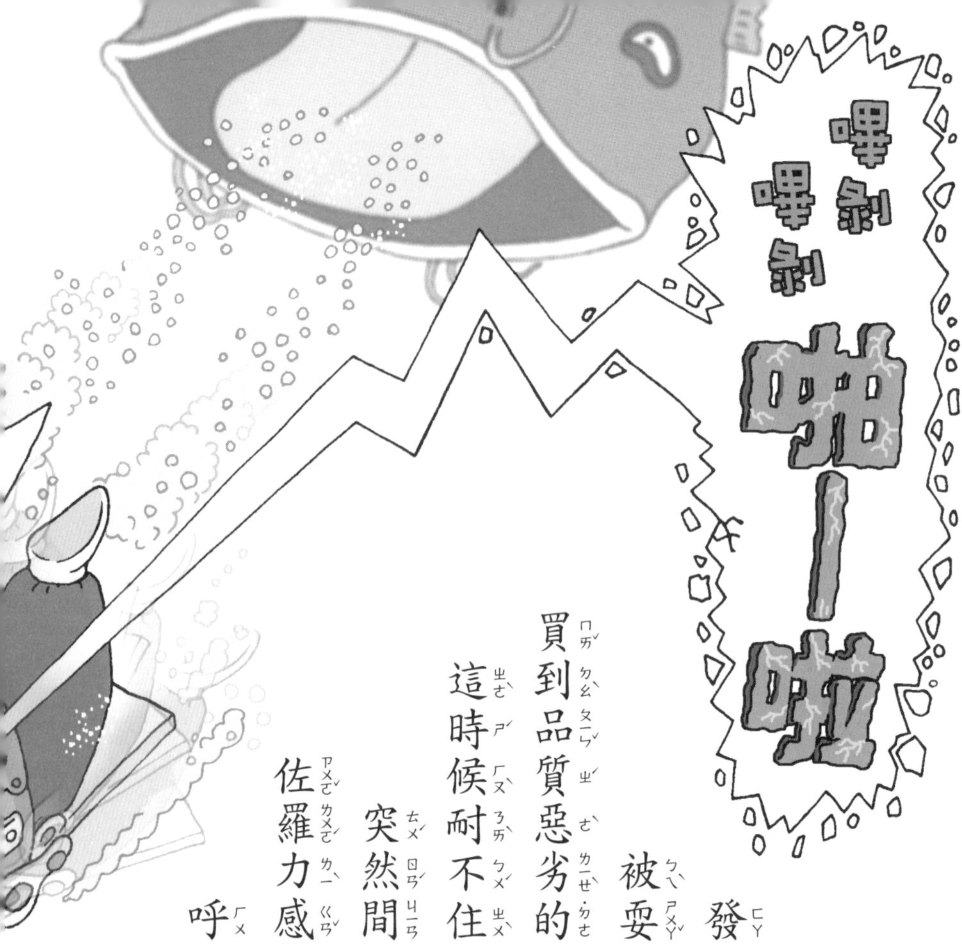

這時他頭上的玻璃罐
發出惹人厭的聲響。
被耍花招的詐欺店家欺騙，
買到品質惡劣的玻璃罐，
這時候耐不住水壓，破了。
突然間，
佐羅力感覺到
呼吸困難。

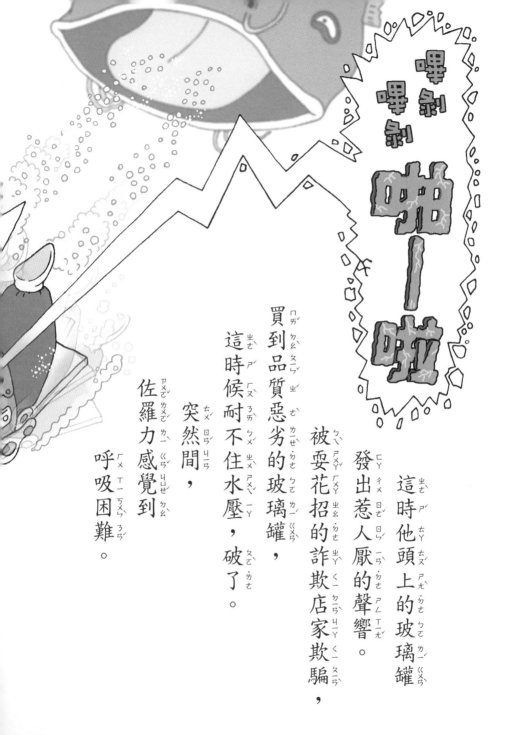

因為身陷在
湖水底部，
他必須
不顧一切的馬上
回到水面上。
不過，就在他的正後方，
大鯰魚已經逼近了，
唉呀呀，糟了！

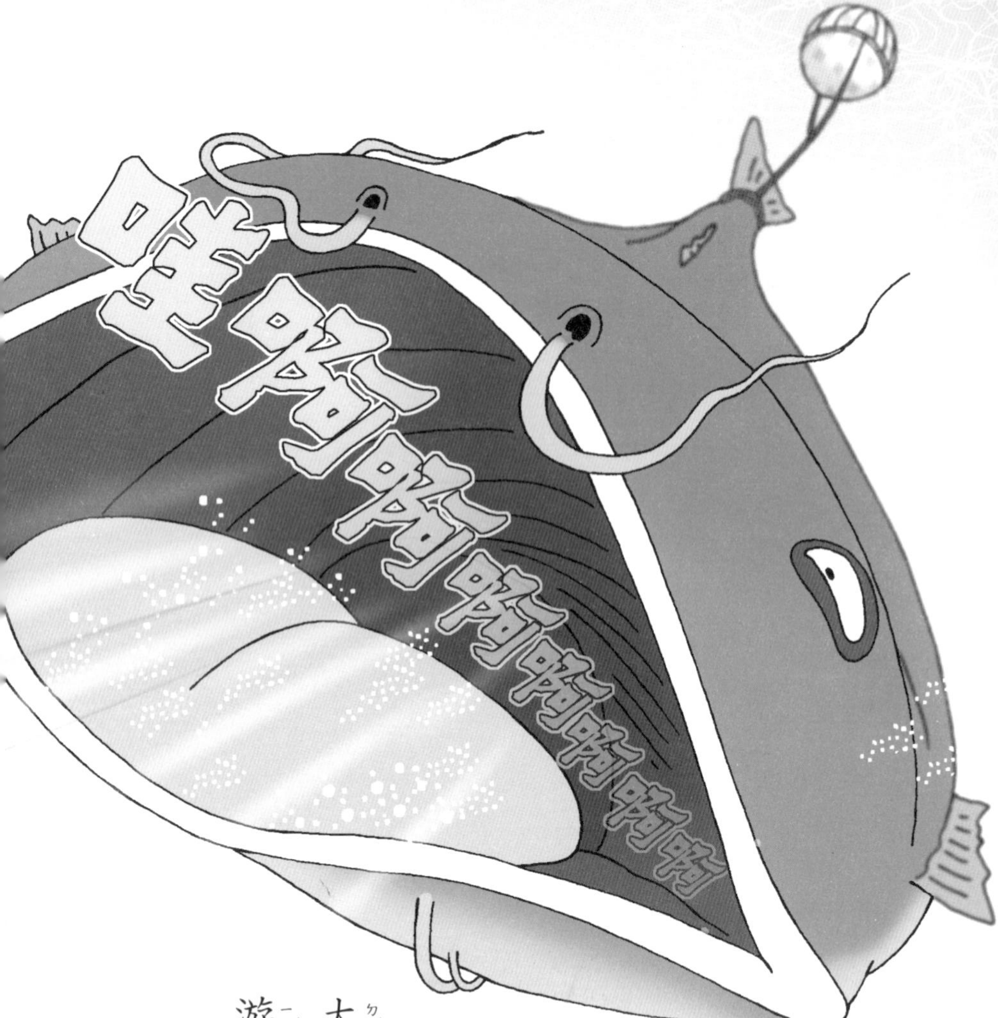

但是，

佐羅力

怎麼反而來個

U型大迴轉，

轉身朝著

大鯰魚

游過去呢？

大鯰魚

眼看著美食

自動送上來，

開心的

張大嘴巴迎向前，

準備享受美好的一餐。

看來，佐羅力

已經無路可逃了。

難道他會就這樣被

大鯰魚一口吃掉嗎？

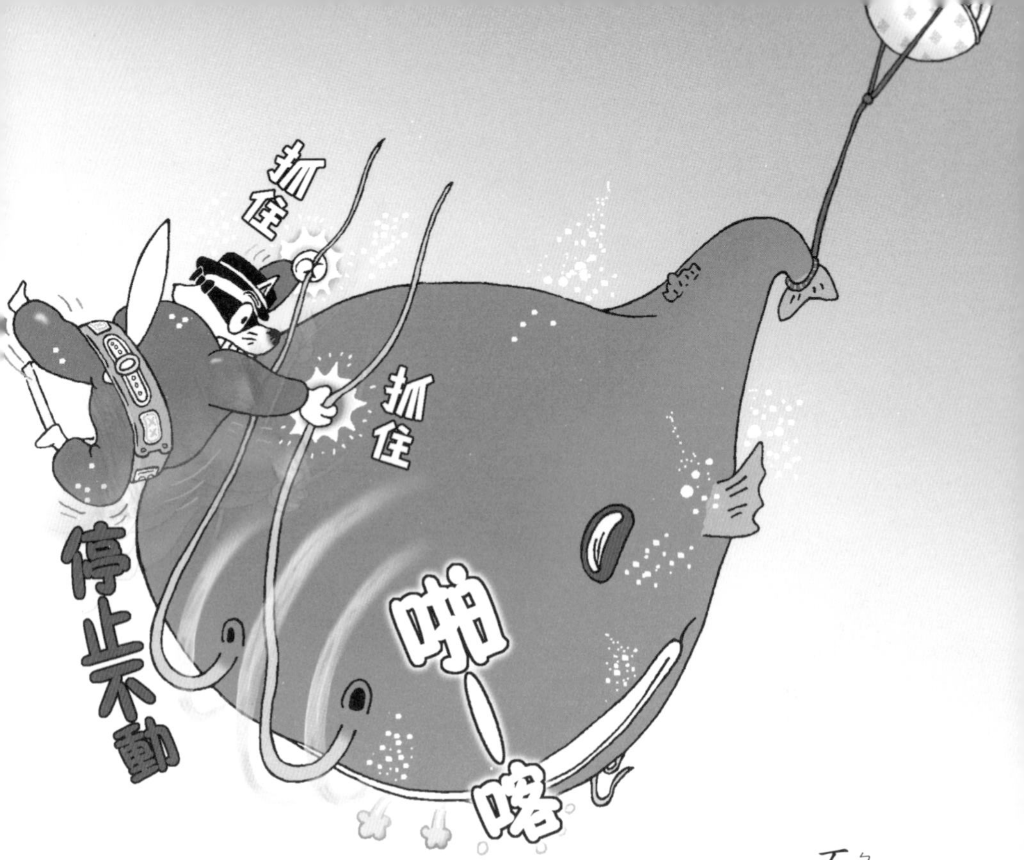

不過，佐羅力卻在
大鯰魚的嘴巴前，
關掉「噗嚕噗嚕
腹肌鍛練器」，
兩隻手用力抓住
大鯰魚的鬍鬚。
大鯰魚為了要
趕快甩開佐羅力，
只好停下來，

不再往前游。
於是，

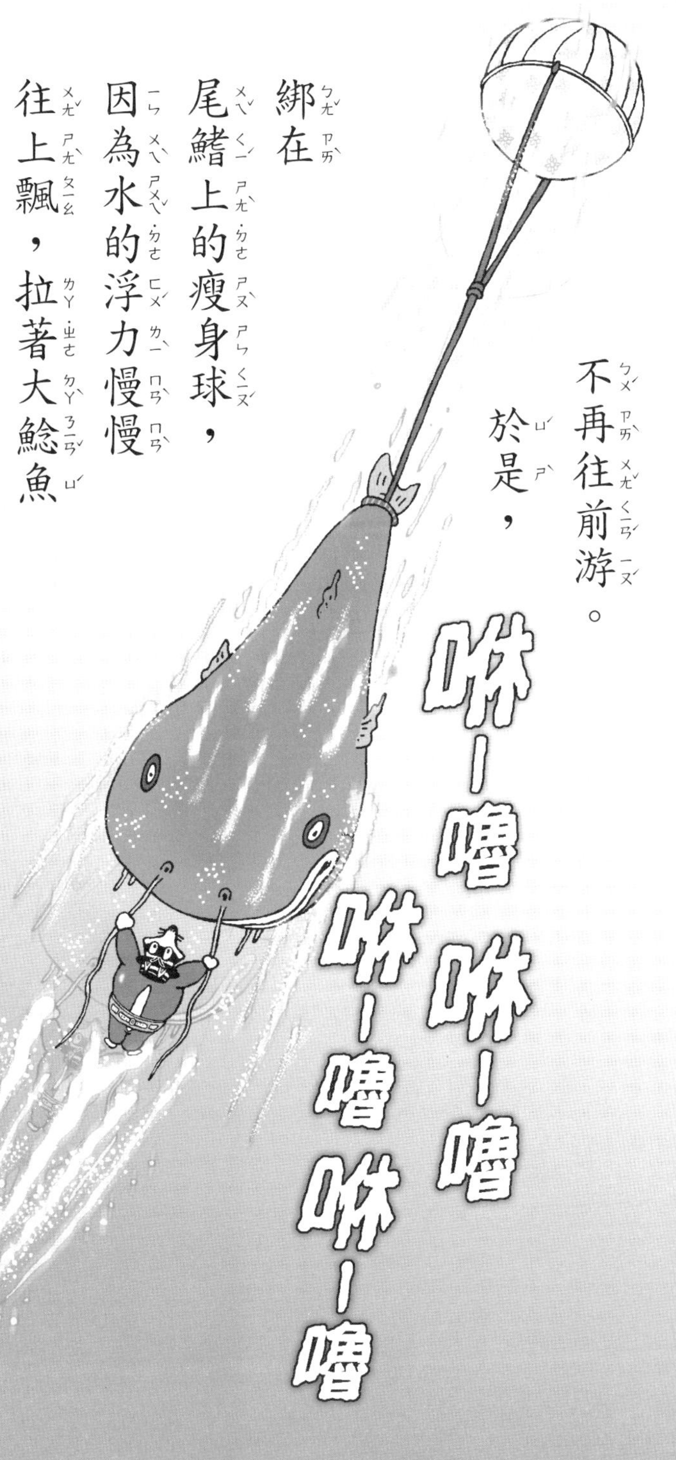

綁在
尾鰭上的瘦身球，
因為水的浮力慢慢
往上飄，拉著大鯰魚
和佐羅力一起，
一路朝向湖面緩緩上升。

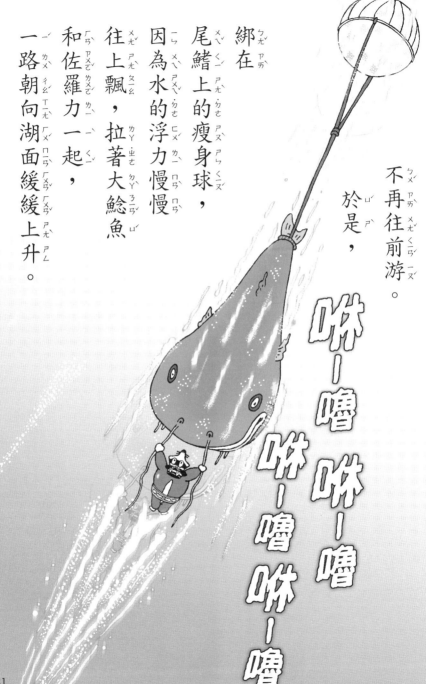

2
看著這一幕的伊豬豬和魯豬豬，為了追佐羅力，便按了電梯鈕，搭上電梯，一路往上升，升到山崖頂端。
嚕咻嚕
你要等等喔——
我們現在馬上去救你——
啪
咦——佐羅力大師——

①

而且，即使衝出水面
回到陸地上，瘦身球依然衝衝衝，
完全停不下來。
就這樣，大鯰魚和佐羅力
一路被瘦身球帶著，
筆直沿著山崖邊往上衝。

ㄉㄨㄞ
砰咚！
一路上升的瘦身球，
最後掉落在
派對會場的正中央。
當然，大鯰魚和佐羅力
也一起摔落在那裡。
大鯰魚——
大鯰魚耶
是大鯰魚
是那隻凶惡的大鯰魚。
嘿，那隻大鯰魚不是在湖裡當霸王嗎？
自從牠住進湖裡，我們就沒辦法去游泳了。

恭祝親愛的窈窕小姐生日快樂！
呀呼——
呼——差一分鐘就八點了。
我的工作也保住啦。真是大大鬆一口氣。
由於大鯰魚忽然從天而降，派對的賓客都尖叫著往後四散奔逃。不過，等他們發現大鯰魚根本動彈不得，不會有任何危險後，又漸漸聚攏。有了大鯰魚當作緩衝墊，佐羅力平安無事的站了起來……
那顆球是怎麼回事呀？

尊敬的瘦身夫人、窈窕小姐與各位貴賓，很抱歉，我們遇到了麻煩，所以遲到了。在這個重要的時刻，我要祝賀親愛的窈窕小姐生日快樂。現在，您的母親大人為您準備的生日禮物，已經順利送達。本人是浪跡天涯的貴族佐羅力。

為了能夠讓夫人和小姐注意到他，佐羅力用超大聲的音量，讓會場中所有的人都能聽到他說話。這時，

啪啪啪啪啪啪！

「真是

完美的演出，

太棒了。

生日派對非常成功。

我的愛女窈窕也非常開心唷。」

聽到這個說話的聲音，

賓客們紛紛讓出一條路，

因為瘦身夫人終於要登場了。

出現在佐羅力他們面前的，
竟然是一對胖嘟嘟、圓滾滾，
完全看不到「瘦身與窈窕」的母女。

「啊，難道這就是
傳說中知名的瘦身夫人和
窈窕小姐嗎——？」

佐羅力驚訝的張著
大大的嘴巴。

「是的，沒錯。」

管家福悟走上前，
他將手上的信封交給佐羅力。
「這是當初說好的謝禮
一萬元現金，
請你們務必收下。」
這時，
「等一等。」
瘦身夫人的表情
突然變得很嚇人。

雖然你制伏了凶猛的大鯰魚，這點非常值得感謝，不過，我最想送給愛女的禮物「騎馬減肥器　海苔阿平」，卻怎麼也沒看到。這份禮物要是沒送達，就當作是任務失敗，無法奉上禮金。
福悟聽到瘦身夫人這番話，連忙抽回信封。
不，我們當然已經確實送到了。

佐羅力將掛在
魯豬豬脖子上的
「海苔阿平」遙控器拿起來。
大鯰魚肚子裡的機器如果沒壞，
只要按下遙控器按鈕，
它應該就會跑出來。
佐羅力懷抱著
虔誠祈禱般的心情，
按下遙控器按鈕。

呼嗡嗡嗡嗡嗡嗡嗡嗡嗡。

機器震動的聲音

愈來愈大，

大家仔細一看，原來是

「騎馬減肥器海苔阿平」慢慢的從

大鯰魚嘴裡走出來。

因為是機器，

沒辦法被消化，

也由於有鯰魚肚子的保護，

即使掉落會場時
受到巨大衝撞，
也絲毫沒損壞。
加上這台減肥器，
所有的禮物都齊全了。
福悟將裝了
一萬元的信封
交給佐羅力時，
多嘴說了一句：

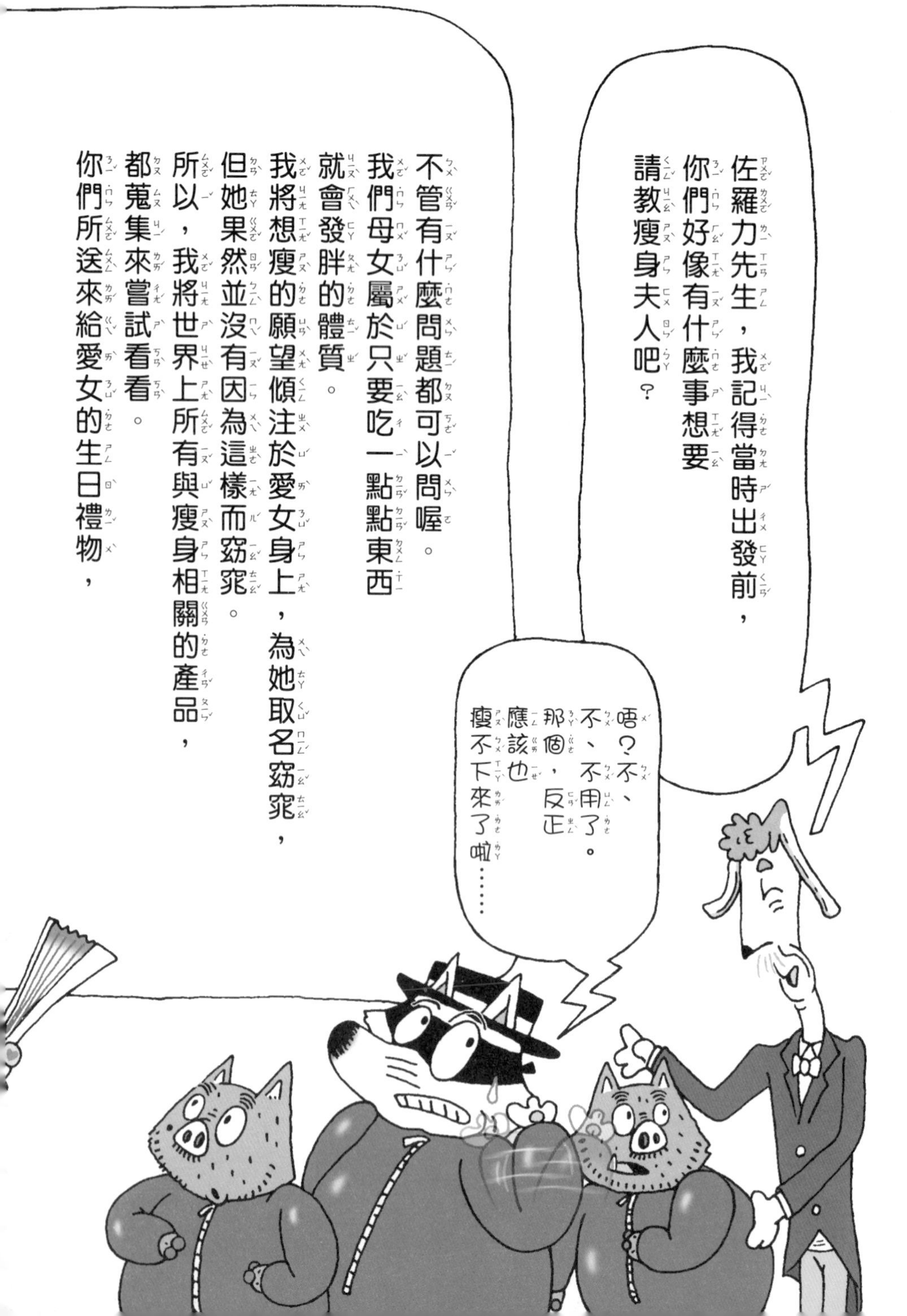
佐羅力先生，我記得當時出發前，你們好像有什麼事想要請教瘦身夫人吧？
唔？不、不、不用了。那個，反正應該也瘦不下來了啦……
不管有什麼問題都可以問喔。我們母女屬於只要吃一點點東西就會發胖的體質。我將想瘦的願望傾注於愛女身上，為她取名窈窕，但她果然並沒有因為這樣而窈窕。所以，我將世界上所有與瘦身相關的產品，都蒐集來嘗試看看。你們所送來給愛女的生日禮物，正是最新的瘦身用品。
我們打算收到後，兩人都來試試。
如果有效的話，再告訴你們。
不過呢，就算肯花大把大把鈔票，
卻只想著輕鬆瘦身，
反而是非常非常困難的唷。
啊哈哈哈。

很遺憾，一如所料，這對佐羅力他們減肥根本沒一絲幫助。

佐羅力聽完垂下頭。過一會兒，

嘿，媽媽，
那條大鯰魚
看起來
好好吃，
我們就請主廚
把它炸來吃，
好不好？

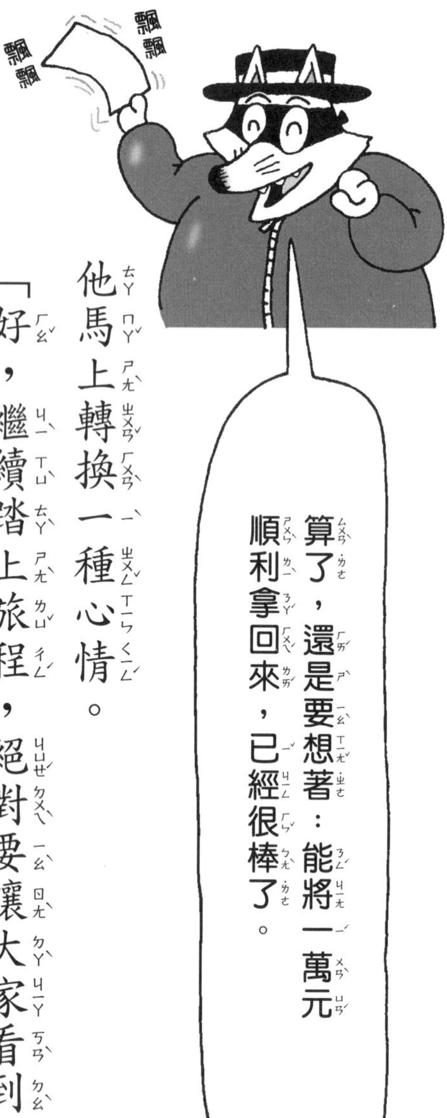
飄飄
飄飄
算了，還是要想著：能將一萬元順利拿回來，已經很棒了。

他馬上轉換一種心情。

「好，繼續踏上旅程，絕對要讓大家看到我們瘦下來。伊豬豬、魯豬豬，出發了！」

「是的，佐羅力大師。」

他們三人晃動沉重的身體，正打算要走出大宅時，福悟慌慌張張

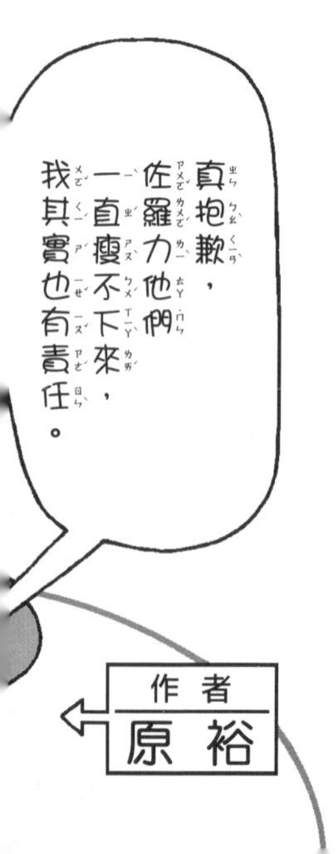
真抱歉，佐羅力他們一直瘦不下來，我其實也有責任。
作者
原裕

追上前，對他們三人說：

「三位身上所穿的簡易潛水衣是屬於瘦身夫人的，需要麻煩你們歸還。」

「對吼，難怪會覺得悶熱得受不了，原來身上還穿著這個，這潛水衣實在很厲害，當然要還，當然要還。」

當佐羅力他們拉下簡易潛水衣的拉鍊時……

在下一本書裡，
我絕對會讓大家看到
佐羅力他們瘦下來的。
這一次，請千萬包涵，
繼續支持啊……

積在潛水衣裡的滿滿汗水，一瞬間啪的一聲傾洩而出。

因此，原本包在救生衣裡，已經完全回復原本體型的佐羅力和伊豬豬、魯豬豬，完美現身啦。

這件簡易潛水衣除了代替減肥衣

發揮功效外，
也因為與大鯰魚
激烈的對戰，
讓他們三人
排掉大量的汗水，
在不知不覺中變瘦了。

「瘦了！我們變瘦了耶——」

當佐羅力雙手握拳高舉，
擺出勝利的姿勢時，

聽到這些話的瘦身夫人，從遠處就開始死命的朝著他們飛奔而來。

「你們是用什麼神奇有效的瘦身法減肥成功的？請務必告訴我，佐羅力先生。」

「這個呀，應該可以稱為『鯰魚瘦身法』。

請告訴窈窕小姐，比起吃鯰魚，跟鯰魚大戰一場，比較能瘦下來喔。那麼，謝謝你們的招待，我們先離開啦。」

平平安安的回復為原來體型的佐羅力他們，踏著輕快的步伐，將瘦身夫人的大宅遠遠拋在後頭。

謝謝——
感謝啦！
要保重喔！
魯豬豬，這個城裡的人們因為那隻凶惡的大鯰魚，沒辦法到湖裡游泳或划船，好像真的很困擾耶。
啊，你們還記得搭電梯下來的那個地方？那裡聽說好像是瘦身夫人與窈窕小姐的私人海灘喔。不過因為都沒用，也沒有人維護，就荒廢成那樣了。
美味洋芋
新鮮現炸的炸鯰魚塊，也把握機會拿了不少。

城裡的人們非常高興，送給我們一大堆點心當謝禮，我們就不用害怕餓肚子了。
怎麼樣？本大爺瘦下來的身材，比變胖那麼久以來的模樣，要帥上十幾萬倍吧？不但身體變得輕盈，而且即將再次帥氣的活躍於大家面前喔。請等等我唷。
喂喂，千萬不要得意忘形，小心吃過頭會復胖喔。
餅乾
哇哈哈哈哈哈
我覺得還是不要只顧著說別人吧……
喂——大家也一定要留意別吃得太多唷。
洋芋片

作者簡介

原裕 Yutaka Hara

一九五三年出生於日本熊本縣，一九七四年獲得KFS創作比賽「講談社兒童圖書獎」，主要作品有《小小的森林》、《手套火箭的宇宙探險》、《寶貝木屐》、《小噗出門買東西》、《我也能變得和爸爸一樣嗎？》、【輕飄飄的巧克力島】系列、【膽小的鬼怪】系列、【菠菜人】系列、【怪傑佐羅力】系列、【鬼怪尤太】系列、【魔法的禮物】系列等。

譯者簡介

周姚萍

兒童文學創作者、譯者。著有《我的名字叫希望》、《山城之夏》、《妖精老屋》、《魔法豬鼻子》等作品。譯有《大頭妹》、《四個第一次》、《班上養了一頭牛》、《那記憶中如神話般的時光》等書籍。曾獲「文化部金鼎獎優良圖書推薦獎」、「聯合報讀書人最佳童書獎」、「幼獅青少年文學獎」、「國立編譯館優良漫畫編寫」、「九歌年度童話獎」、「好書大家讀年度好書」、「小綠芽獎」等獎項。

國家圖書館出版品預行編目資料

怪傑佐羅力肥肉滾開！瘦身大作戰
原裕 文、圖；周姚萍 譯 --
第一版. -- 台北市：親子天下, 2016.08
104 面；14.9x21公分. --（怪傑佐羅力系列；39）
譯自：かいけつゾロリ　やせるぜ！ダイエット大さくせん

ISBN　978-986-92815-8-4（精裝）

861.59　　105002730

かいけつゾロリ　やせるぜ！ダイエット大さくせん
Kaiketsu ZORORI series vol. 42
Kaiketsu ZORORI Yaseruze! Diet Daisakusen

First published in Japan in 2007 by POPLAR Publishing Co., Ltd.
Traditional Chinese translation rights arranged with
POPLAR Publishing Co., Ltd.
through Future View Technology Ltd., Taiwan

怪傑佐羅力系列 39

怪傑佐羅力 肥肉滾開! 瘦身大作戰

作者｜原裕（Yutaka Hara）
譯者｜周姚萍
責任編輯｜余佩雯
特約編輯｜游嘉惠
美術設計｜蕭雅慧
行銷企劃｜高嘉吟

天下雜誌群創辦人｜殷允芃
董事長兼執行長｜何琦瑜
兒童產品事業群
副總經理｜林彥傑
總編輯｜林欣靜
主編｜陳毓書
版權主任｜何晨瑋、黃微真

出版者｜親子天下股份有限公司
地址｜台北市 104 建國北路一段 96 號 4 樓
電話｜（02）2509-2800
傳真｜（02）2509-2462
網址｜www.parenting.com.tw
讀者服務專線｜（02）2662-0332
週一～週五：09：00～17：30
讀者服務傳真｜（02）2662-6048
客服信箱｜parenting@cw.com.tw

法律顧問｜台英國際商務法律事務所・羅明通律師
製版印刷｜中原造像股份有限公司
總經銷｜大和圖書有限公司
電話｜（02）8990-2588
出版日期｜2016 年 8 月第一版第一次印行
2022 年 11 月第一版第十四次印行
定價｜300 元
書號｜BKKCH007P
ISBN｜978-986-92815-8-4（精裝）

訂購服務
親子天下 Shopping｜shopping.parenting.com.tw
海外・大量訂購｜parenting@cw.com.tw
書香花園｜台北市建國北路二段 6 巷 11 號
電話｜（02）2506-1635
劃撥帳號｜50331356 親子天下股份有限公司

超嚇人外表顯瘦法

●價格視顧客討價還價的能力而定。

此外，顯瘦的效果
因個人而異，請多多見諒。

強力的臉部顯瘦彩妝套組（病懨懨效果）

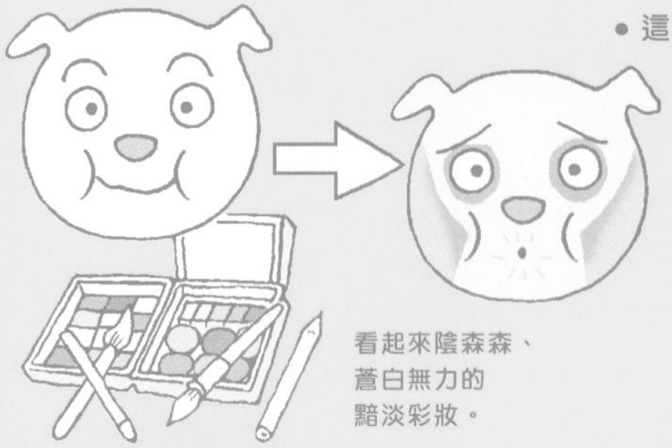

看起來陰森森、
蒼白無力的
黯淡彩妝。

●這套彩裝組能幫你改造原本圓圓潤潤、很健康的臉。
在臉頰畫出大量陰影，
眼睛四周塗黑畫出深陷陰影，
再把眉毛整個畫成下垂的八字眉，
便完成了憔悴的臉妝。
若再將整張臉塗上泥土色粉底，
保證每個人都以爲你生病了，
會對你非常親切溫柔。

你也能擁有1台 顯瘦相機

只要有這一台相機，
人人都是時尚模特兒？

●在600萬畫素的最新數位相機上，
附加「瘦吧瘦吧」功能。
藉由特殊的可切換式按鈕，
你的體型能以 $\frac{1}{8}$ · $\frac{1}{6}$ · $\frac{1}{4}$ · $\frac{1}{2}$
的顯瘦度，呈現於畫面中。

具有「瘦吧瘦吧」功能的開關

請注意，背景也會跟著「縮水」喔。

我也想要這樣能快快瘦的超級快速瘦身 體重計

●使用其他商品，或許騙得了別人，
卻很難騙過自己。然而，只要一站上這個體重計，
每一天，體重計都會持續顯示你減掉一公斤；
不管你吃下多少食物，
隔天依然顯示比實際的體重少一公斤。
這種幸福的滋味，你難道不想嘗試看看嗎？

注 若因長期使用，導致體重減至0，請按下重新設定的按鍵，體重計就會更新資料，從頭開始計算。

● 對拔罐減肥有興趣的人
● 只要500元減肥連鎖店招募中

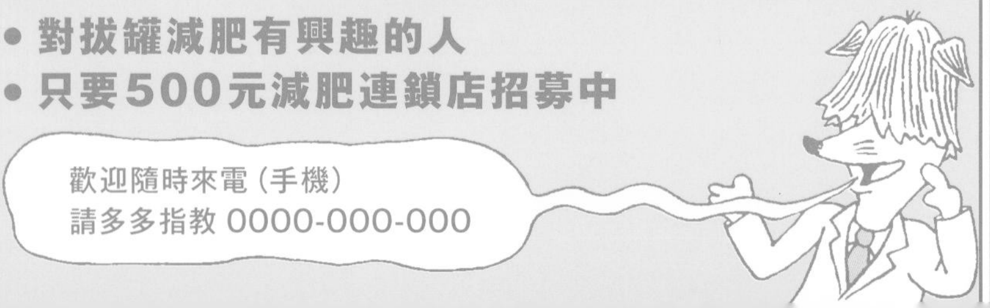
歡迎隨時來電（手機）
請多多指教 0000-000-000